몸과 마음의 균형을 찾아 떠나는
웰니스 인문학 여행

초판 1쇄 발행 2024년 07월 22일

지은이_ 서연하
펴낸이_ 김동명
펴낸곳_ 도서출판 창조와 지식
디자인_ (주)북모아, 서영희
인쇄처_ (주)북모아

출판등록번호_ 제2018-000027호
주소_ 서울특별시 강북구 덕릉로 144
전화_ 1644-1814
팩스_ 02-2275-8577

ISBN 979-11-6003-754-8(03800)
정가 14,000원

몸과 마음의 균형을 찾아 떠나는

인웰니스문학

서연하 지음

창조와 지식

1부. 웰니스, 인문학을 만나다

2부. 웰니스 인문학, 삶을 디자인하다

3부. 웰니스 인문학, 미래를 열다

나가는 글

웰니스 인문학, 삶의 균형과 행복을 위한 동반자

몸과 마음의 균형을 찾아 떠나는
웰니스 인문학 여행

몸과 마음의 균형을 찾아 떠나는 웰니스 인문학

당신의 손에 들린 이 책은 단순한 웰니스 안내서가 아니다. 몸과 마음의 건강을 넘어, 삶의 균형과 진정한 행복을 찾아 떠나는 인문학적 여행의 초대장이다.

숨 가쁘게 돌아가는 현대 사회 속에서 우리는 끊임없이 '웰빙'을 갈망한다. 하지만 웰빙은 단순히 몸이 건강하고 물질적으로 풍요로운 상태를 넘어, 정신적인 만족과 삶의 의미를 찾는 총체적인 행복을 의미한다.

그렇다면 진정한 웰빙, 어떻게 이룰 수 있을까? 이 책은 그 해답을 인문학에서 찾는다. 수천 년 동안 인류의 지혜가 담긴 철학, 문학, 예술 속에는 삶의 본질과 행복의 비밀이 숨겨져 있다.

동서양 고전의 가르침을 통해 우리는 몸과 마음의 균형을 이루고, 관계 속에서 조화를 찾으며, 나아가 지속 가능한 삶의 가치를 발견할 수 있다.

이 책은 웰니스와 인문학의 아름다운 만남을 통해 당신의 삶을 더욱 풍요롭게 만들어 줄 것이다. 몸의 건강을 위한 실용적인 조언부터 마음의 평화를 위한 인문학적 통찰까지, 웰니스 인문학의 다채로운 이야기가 당신을 기다리고 있다.

지금부터 함께 떠나는 웰니스 인문학 여행은 당신의 삶에 새로운 영감과 긍정적인 변화를 선물할 것이다. 삶의 균형과 행복을 찾아 떠나는 특별한 여행에 당신을 초대한다.

1부

웰니스 인문학을 만나다

1. 웰니스, 왜 인문학인가?

현대 사회의 웰니스 트랜드와 인문학의 필요성

●

혹시 당신도 '갓생'을 꿈꾸는가? 몸도 마음도 건강하고, 일과 삶의 균형을 이루며, 나아가 사회와 환경에도 기여하는 멋진 삶 말이다.

최근 몇 년 사이 '웰니스'라는 단어가 우리 삶에 깊숙이 자리 잡았다. 유기농 식단, 명상 앱, 요가 수업, 템플스테이 등 웰니스 관련 상품과 서비스가 쏟아져 나오고, SNS에는 #웰니스 #마음챙김 #건강한삶 등의 해시태그가 넘쳐난다.

하지만 잠깐 멈춰 생각해 보자. 웰니스, 정말 녹즙 한 잔 마시고 요가 동작 몇 번 따라 한다고 이루어질까? 물론 건강한 식단과 꾸준한 운동은 웰니스의 중요한 요소다. 그러나 웰니스는 단순히 몸의 건강을 넘어, 정신적인 풍요와 삶의 의미를 찾는 총체적인 행복을 의미한다.

여기서 바로 인문학이 필요하다. 인문학은 인간과 삶에 대한 근본적인 질문을 던지고, 그 답을 찾아가는 과정이다. 철학은 우리에게 삶의 가치와 의미를 탐구하도록 돕고, 문학은 다양한 삶의 모습을 통해 공감과 이해를 넓혀준다. 예술은 아름다움을 통해 감성을 풍요롭게 하고, 역사는 과거의 지혜를 통해 현재와 미래를 통찰하게 한다.

인문학은 우리에게 웰니스의 본질을 깨닫게 해주는 나침

반과 같다. 웰니스를 향한 수많은 길 중에서 어떤 길이 나에게 맞는지, 어떻게 하면 지속 가능한 행복을 누릴 수 있을지, 인문학은 그 답을 찾도록 안내한다.

이제부터 우리는 웰니스와 인문학의 흥미진진한 만남을 통해 진정한 웰빙을 향한 여정을 시작할 것이다. 삶의 균형과 행복을 찾아 떠나는 이 여행을 같이 떠나보자.

웰니스의 다양한 측면과 인문학적 접근

웰니스는 단순히 몸의 건강만을 의미하지 않는다. 웰니스는 신체적, 정신적, 사회적, 영적, 지적, 환경적 웰빙 등 다양한 측면을 포괄하는 개념이다. 각 측면은 서로 밀접하게 연결되어 있으며, 조화로운 균형을 이룰 때 진정한 웰빙을 경험할 수 있다.

1. 신체적 웰빙 (Physical Wellness)

건강한 식습관, 규칙적인 운동, 충분한 휴식 등을 통해 몸의 건강을 유지하고 질병을 예방하는 것을 의미한다. 인문학은 몸을 단순한 물질적 존재가 아닌, 정신과 영혼이 깃든 소중한 존재로 바라보도록 돕는다. 고대 그리스 철학자들은 건강한 몸과 건강한 정신의 균형을 강조했으며, 동양 철학에서는 몸과 마음, 자연의 조화를 통해 건강을 유지하는 방법을 제시했다.

2. 정신적 웰빙 (Mental Wellness)

스트레스 관리, 자존감 향상, 긍정적인 사고방식 등을 통해 정신 건강을 유지하고 행복감을 증진하는 것을 의미한다. 인문학은 철학적 사유, 명상, 마음챙김 등을 통해 내면의 평화를 찾고 삶의 의미를 발견하도록 돕는다.

스토아 철학은 역경 속에서도 평정심을 유지하는 방법을 제시하며, 불교 철학은 집착과 욕망을 버리고 현재에 집중하는 삶의 지혜를 전한다.

3. 사회적 웰빙 (Social Wellness)

가족, 친구, 동료 등 주변 사람들과 건강한 관계를 유지하고 사회에 기여하는 것을 의미한다. 인문학은 공감, 소통, 배려 등 사회적 관계를 위한 핵심 가치를 강조한다.

유교 철학은 인(仁)과 예(禮)를 통해 조화로운 사회를 만들어가는 방법을 제시하며, 공동체주의 철학은 개인의 행복이 사회 전체의 행복과 연결되어 있음을 강조한다.

4. 영적 웰빙 (Spiritual Wellness)

삶의 목적과 의미를 찾고, 자신의 가치관에 따라 살아가는 것을 의미한다. 인문학은 종교, 철학, 예술 등 다양한 영역을 통해 삶의 의미를 탐구하고 영적인 성장을 돕는다.

실존주의 철학은 삶의 유한성을 인식하고 주체적인 삶을 살아갈 것을 강조하며, 종교 철학은 신앙을 통해 삶의 의미와 목적을 찾는 방법을 제시한다.

5. 지적 웰빙 (Intellectual Wellness)

지속적인 학습과 지식 습득을 통해 창의성, 비판적 사고 능력, 문제 해결 능력 등을 향상하는 것을 의미한다. 인문학은 다양한 분야의 지식을 융합하고 새로운 관점에서 세상을 바라보도록 돕는다. 인문학적 사고는 창의적인 문제 해결 능력을 키우고, 복잡한 사회 문제를 분석하고 해결하는 데 도움을 준다.

6. 환경적 웰빙 (Environmental Wellness)

자연환경을 보호하고 지속 가능한 삶을 실천하는 것을 의미한다. 인문학은 생태주의 철학, 환경 윤리 등을 통해 자연과 인간의 관계를 성찰하고 환경 보호의 중요성을 강조한다. 인문학은 우리가 자연의 일부임을 깨닫고, 자연과 조화롭게 살아가는 삶의 방식을 제시한다.

인문학은 웰니스의 다양한 측면을 통합적으로 이해하고 실천하도록 돕는 중요한 도구다. 인문학적 접근을 통해 웰니스의 진정한 의미를 깨닫고, 균형 있고 조화로운 삶을 만들어 갈 수 있다.

웰니스 인문학의 목표와 가치

●

웰니스 인문학의 궁극적인 목표는 개인의 행복과 사회 전체의 웰빙 증진이다. 웰니스 인문학은 단순히 개인의 건강과 행복을 추구하는 것을 넘어, 사회 구성원 모두가 건강하고 행복한 삶을 누릴 수 있는 사회를 만드는 데 기여한다.

웰니스 인문학이 추구하는 가치는 다음과 같다.

1. 균형과 조화

웰니스 인문학은 몸과 마음, 개인과 사회, 인간과 자연의 조화로운 균형을 강조한다. 웰니스의 다양한 측면을 통합적으로 고려하여 삶의 균형을 이루고, 지속 가능한 행복을 추구한다.

2. 자기 성찰과 성장

인문학적 사유와 성찰을 통해 자신의 내면을 탐구하고, 삶의 의미와 목적을 발견하도록 돕는다. 웰니스 인문학은 끊임없는 자기 성찰과 성장을 통해 더 나은 삶을 만들어갈 수 있도록 지원한다.

3. 공감과 연대

인문학은 타인의 삶을 이해하고 공감하는 능력을 키워준다. 웰니스 인문학은 공감과 연대를 통해 사회적 관계를 강화하고, 공동체의 웰빙을 증진하는 데 기여한다.

4. 비판적 사고와 창의적 문제 해결

인문학은 비판적 사고 능력과 창의적 문제 해결 능력을 향상시킨다. 웰니스 인문학은 이러한 능력을 바탕으로 웰니스 관련 문제를 해결하고, 새로운 웰니스 모델을 개발하는 데 기여한다.

5. 지속 가능한 삶

웰니스 인문학은 환경 보호, 사회 정의, 경제적 형평성 등 지속 가능한 삶의 가치를 강조한다. 웰니스 인문학은 현재 세대뿐만 아니라 미래 세대의 웰빙까지 고려하여 지속 가능한 사회를 만들어가는 데 기여한다.

웰니스 인문학은 이러한 가치를 통해 개인과 사회의 긍정적인 변화를 이끌어냅니다. 웰니스 인문학은 우리 모두가 더욱 건강하고 행복한 삶을 살아갈 수 있도록 돕는 중요한 역할을 합니다.

2. 인문학, 웰니스의 뿌리를 찾다

동서양 고전에서 발견하는 웰니스의 지혜

●

수천 년의 시간을 뛰어넘어 전해져 내려오는 동서양 고전
에는 삶의 지혜와 웰빙의 비밀이 가득하다. 놀랍게도 현대의
웰니스 트렌드와 맞닿아 있는 고전 속 가르침은 시대를 초월
한 삶의 지혜를 선사한다.

1. 동양 고전 속 웰니스

논어

공자는 "**군자는 먹는 것에 배부르기를 바라지 않고, 거처하는 곳에 편안하기를 바라지 않는다**"라고 말하며 절제와 균형의 중요성을 강조했다. 또한 "마음이 평안해야 몸도 편안하다"라는 말처럼 정신적인 평화가 웰빙의 핵심임을 강조했다.

노자

도가 사상을 대표하는 노자는 "**자연으로 돌아가라**"는 무위자연의 삶을 강조했다. 자연의 흐름에 순응하고 욕심을 버리는 삶은 현대인들에게 스트레스와 불안을 해소하고 마음의 평화를 찾는 방법을 제시한다.

장자

장자는 **"물고기가 물을 잊고 사는 것처럼, 사람도 도를 잊고 살아야 한다"**고 말하며 삶의 본질에 집중하고 자유로운 삶을 살 것을 강조했다. 이는 현대 사회의 과도한 경쟁과 물질주의에서 벗어나 진정한 행복을 추구하는 삶의 방식을 제시한다.

2. 서양 고전 속 웰니스

소크라테스

"너 자신을 알라"는 소크라테스의 명언은 자기 성찰의 중요성을 강조한다. 자신의 강점과 약점, 욕구와 가치관을 이해하는 것은 웰빙을 위한 첫걸음이다.

플라톤

플라톤은 이상적인 국가에서 시민들이 **건강한 몸과 건강한 정신**을 유지하는 것이 중요하다고 강조했다. 그는 균형 잡힌 식단, 규칙적인 운동, 예술 활동 등을 통해 웰빙을 증진할 수 있다고 믿었다.

아리스토텔레스

아리스토텔레스는 중용의 덕을 강조하며 극단적인 행동을 피하고 **균형 잡힌 삶**을 살 것을 권했다. 그는 웰빙을 행복으로 정의하고, 행복은 덕을 실천하고 잠재력을 발휘하는 삶에서 얻어진다고 말했다.

동서양 고전은 웰니스의 다양한 측면을 다루며 삶의 지혜를 전한다. 옛 성현들의 가르침은 현대 사회를 살아가는 우리에게도 여전히 유효하며, 웰빙을 위한 실질적인 지침을 제공한다. 고전 속 웰니스의 지혜를 통해 우리는 몸과 마음의 균형을 이루고, 진정한 행복을 향해 나아갈 수 있다.

철학, 문학, 예술 속에 녹아 있는 웰빙의 가치

·

철학, 문학, 예술은 인간의 삶과 내면세계를 깊이 있게 들여다보는 창이다. 이러한 인문학 분야는 단순히 지식이나 즐거움을 제공하는 것을 넘어, 우리 삶의 질을 향상시키고 웰빙을 증진하는 데 중요한 역할을 한다.

1. 철학 속 웰빙의 가치

스토아 철학

스토아 철학은 외부 환경에 흔들리지 않는 평정심을 유지하고, 내면의 평화를 찾는 방법을 제시한다. 스토아 철학자들은 욕망을 절제하고 이성에 따라 행동하며, 역경 속에서도 덕을 실천하는 삶을 통해 행복을 얻을 수 있다고 믿었다.

에피쿠로스 철학

에피쿠로스 철학은 쾌락주의로 오해받기도 하지만, 진정한 쾌락은 육체적 쾌락이 아닌 정신적인 평화와 만족에서 온다고 주장한다. 에피쿠로스는 친구들과의 우정, 소박한 삶, 지적인 탐구를 통해 행복을 얻을 수 있다고 믿었다.

실존주의 철학

실존주의 철학은 삶의 유한성을 인식하고, 주체적인 삶을 살아갈 것을 강조한다. 실존주의 철학자들은 삶의 의미를 스스로 만들어가야 하며, 자유로운 선택과 책임을 통해 진정한 삶을 살 수 있다고 믿었다.

2. 문학 속 웰빙의 가치

톨스토이의 '안나 카레니나'

톨스토이는 안나 카레니나를 통해 사회적 규범과 개인의 욕망 사이에서 갈등하는 인간의 모습을 보여준다. 이 작품은 진정한 행복은 사회적 지위나 물질적인 풍요가 아닌, 내면의 평화와 사랑에서 온다는 것을 깨닫게 한다.

헤르만 헤세의 '데미안'

데미안은 자아 성장과 자기 발견의 과정을 그린 소설이다. 주인공 싱클레어는 데미안과의 만남을 통해 자신의 내면을 탐구하고, 진정한 자아를 찾아가는 여정을 시작한다. 이 작품은 자기 성찰과 성장이 웰빙에 중요한 요소임을 보여준다.

알베르 카뮈의 '이방인'

이방인은 삶의 부조리와 인간의 존재 의미를 탐구하는 소설이다. 주인공 뫼르소는 사회적 규범에 얽매이지 않고 자신의 방식대로 삶을 살아간다. 이 작품은 획일화된 삶에서 벗어나 자신만의 삶을 살아가는 용기를 준다.

3. 예술 속 웰빙의 가치

음악

음악은 감정을 표현하고 정화하는 강력한 도구다. 클래식 음악은 마음을 안정시키고 스트레스를 해소하는 데 도움을 주며, 팝 음악은 즐거움과 활력을 선사한다.

미술

미술은 아름다움을 통해 감성을 풍요롭게 하고 창의성을 자극한다. 명화 감상은 심리적인 안정감을 주고, 미술 치료는 정신 건강 증진에 효과적이다.

무용

무용은 몸의 움직임을 통해 감정을 표현하고 스트레스를 해소한다. 춤을 추는 것은 즐거움을 주고 운동 효과도 있다.

철학, 문학, 예술은 웰빙을 위한 다양한 방법을 제시한다. 이러한 인문학 분야는 우리 삶의 의미를 탐구하고, 내면의 평화를 찾으며, 감성을 풍요롭게 하는 데 도움을 준다.

역사 속 인물들의 삶에서 배우는 웰니스 지혜

역사는 단순히 과거의 기록이 아닌, 삶의 지혜와 교훈을 얻을 수 있는 보물창고다. 특히 역사 속 인물들의 삶은 웰빙을 위한 다양한 지혜를 제공한다. 그들은 시대적 어려움 속에서도 균형 잡힌 삶을 살고, 역경을 극복하며, 나아가 사회에 긍정적인 영향을 미쳤다.

1. 레오나르도 다빈치 (1452-1519)

"다재다능함과 끊임없는 호기심"

레오나르도 다빈치는 화가, 조각가, 발명가, 과학자, 건축가 등 다양한 분야에서 뛰어난 재능을 발휘한 르네상스 시대의 천재다. 그는 끊임없이 새로운 지식을 탐구하고, 다양한 분야에 대한 호기심을 잃지 않았다. 이러한 다재다능함과 호기심은 그의 창의성을 자극하고 삶의 활력을 불어넣었다. 웰빙은 단순히 건강을 유지하는 것을 넘어, 끊임없이 배우고 성장하는 삶을 의미한다. 다빈치의 삶은 끊임없는 배움과 성장이 웰빙에 얼마나 중요한지를 보여준다.

2. 헬렌 켈러 (1880-1968)

"장애 극복과 긍정적인 마음"

헬렌 켈러는 시청각 장애를 극복하고 작가, 교육자, 사회

운동가로 활동한 인물이다. 그녀는 어려운 환경 속에서도 긍정적인 마음과 불굴의 의지를 잃지 않았다. 헬렌 켈러는 "세상에서 가장 아름답고 좋은 것은 볼 수도 없고 만질 수도 없다. 단지 가슴으로만 느낄 수 있다"라는 말을 남겼다. 이는 웰빙이 외부 환경에 좌우되는 것이 아니라, 내면의 긍정적인 마음과 강인한 정신력에서 비롯된다는 것을 보여준다.

3. 마하트마 간디 (1869-1948)

"비폭력과 평화주의"

마하트마 간디는 인도의 독립운동을 이끌었으며, 비폭력과 평화주의를 실천한 인물이다. 그는 "눈에는 눈, 이에는 이"라는 복수의 논리를 거부하고, 사랑과 용서를 통해 갈등을 해결하고자 했다. 간디의 삶은 웰빙이 개인의 차원을 넘어 사회 전체의 평화와 조화를 추구하는 것임을 보여준다. 우리는 타인과의 관계 속에서 웰빙을 찾고, 사회에 긍정적인 영향을 미칠 수 있다.

4. 마리 퀴리 (1867-1934)

"열정과 끈기"

마리 퀴리는 방사능 연구에 헌신하여 노벨상을 두 번이나 수상한 과학자다. 그녀는 여성이라는 사회적 편견과 어려운 연구 환경 속에서도 열정과 끈기를 잃지 않았다. 마리 퀴리의 삶은 웰빙이 단순히 편안함을 추구하는 것이 아니라, 자신의 잠재력을 발휘하고 목표를 향해 나아가는 과정에서 얻어지는 만족감과 성취감을 의미한다는 것을 보여준다.

역사 속 인물들의 삶은 우리에게 웰빙을 위한 다양한 지혜를 제공한다. 그들의 삶을 통해 우리는 긍정적인 마음, 끊임없는 배움, 사회적 책임, 열정과 끈기 등 웰빙을 위한 중요한 가치들을 배울 수 있다. 역사 속 인물들의 삶을 통해 우리는 웰빙을 향한 여정에서 용기와 영감을 얻을 수 있다.

2부

웰니스 인문학,

삶을 디자인하다

3. 몸의 웰니스, 인문학으로 채우다

건강한 몸을 위한 인문학적 통찰

●

건강한 몸은 웰빙의 기본이다. 하지만 건강은 단순히 질병이 없는 상태를 넘어, 활력 넘치는 삶을 위한 에너지의 원천이다. 인문학은 건강한 몸을 유지하고 활력을 얻는 데 필요한 통찰력을 제공한다.

1. 몸, 정신과 영혼이 깃든 존재

고대 그리스 철학자들은 몸과 마음을 분리된 존재가 아닌, 서로 밀접하게 연결된 유기체로 보았다. 플라톤은 몸을 영혼의 감옥이라고 표현하며, 몸의 건강이 영혼의 건강에 영향을 미친다고 믿었다. 아리스토텔레스는 몸과 마음의 조화를 강조하며, 건강한 몸은 덕을 실천하고 잠재력을 발휘하는 데 필수적이라고 말했다.

동양 철학에서도 몸과 마음의 연결성을 강조한다. 한의학에서는 몸과 마음은 서로 영향을 주고받는 유기적인 관계이며, 몸의 질병은 마음의 불균형에서 비롯될 수 있다고 본다. 요가와 명상은 몸과 마음의 조화를 통해 건강을 증진하는 대표적인 방법이다.

2. 몸, 자연의 일부

인간은 자연의 일부이며, 자연의 법칙에 따라 살아가야 한다. 몸은 자연의 일부로서 자연의 리듬에 맞춰 살아갈 때 가장 건강한 상태를 유지할 수 있다.

계절의 변화에 따라 식습관을 조절하고, 밤낮의 주기에 맞춰 생활하는 것은 자연의 리듬에 순응하는 삶의 방식이다. 현대 사회는 자연과 단절된 삶을 강요하지만, 우리는 의식적으로 자연과의 연결을 회복해야 한다. 자연 속에서 산책을 하거나, 햇빛을 쬐거나, 맑은 공기를 마시는 것은 몸과 마음의 건강을 증진하는 데 도움이 된다.

3. 몸, 움직임을 통해 생명력을 얻는 존재

아리스토텔레스는 "움직임은 삶의 표현이다"라고 말했다. 몸은 움직임을 통해 생명력을 얻고, 건강을 유지한다. 규칙적인 운동은 심혈관 건강을 증진하고, 근력을 강화하며, 스트레스를 해소하는 데 도움을 준다.

운동은 단순히 몸을 움직이는 행위를 넘어, 삶의 활력을 불어넣는 중요한 활동이다. 운동을 통해 우리는 몸의 잠재력을 발휘하고, 성취감을 느끼며, 삶의 즐거움을 경험할 수 있다.

4. 몸, 음식을 통해 에너지를 얻는 존재

히포크라테스는 **"음식이 곧 약이다"**라는 말을 남겼습니다. 우리가 먹는 음식은 몸의 구성 요소가 되고, 에너지를 제공하며, 건강에 직접적인 영향을 미친다. 건강한 식단은 균형 잡힌 영양소를 섭취하고, 가공식품과 설탕 섭취를 줄이며, 제철 음식을 먹는 것을 의미한다.

음식은 단순히 생존을 위한 수단이 아닌, 삶의 즐거움을 더해주는 요소다. 음식을 통해 우리는 다양한 맛과 향을 경험하고, 문화를 공유하며, 소중한 사람들과의 관계를 돈독히 할 수 있다.

인문학은 건강한 몸을 유지하고 활력을 얻는 데 필요한 통찰력을 제공한다. 인문학적 관점에서 몸을 이해하고, 몸과 마음, 자연의 조화를 통해 건강한 삶을 살아갈 수 있다.

운동, 영양, 휴식의 인문학적 통찰

건강한 몸을 유지하기 위해서는 운동, 영양, 휴식의 균형이 중요한다. 이 세 가지 요소는 단순히 육체적인 건강을 넘어, 정신적인 건강과 삶의 질에도 큰 영향을 미친다. 인문학은 운동, 영양, 휴식의 의미를 더욱 깊이 있게 이해하고, 균형 잡힌 삶을 살아가는 데 필요한 지혜를 제공한다.

1. 운동

"몸과 마음의 조화를 위한 움직임"

운동은 단순히 몸을 움직이는 행위를 넘어, 몸과 마음의 조화를 이루고 삶의 활력을 불어넣는 중요한 활동이다. 고대 그리스 철학자들은 운동을 통해 몸과 마음의 균형을 이루고, 덕을 함양할 수 있다고 믿었다. 플라톤은 이상적인 국가에서 시민들이 체육 교육을 통해 건강한 몸과 건강한 정신을 유지해야 한다고 강조했으며, 아리스토텔레스는 운동을 통해 쾌락과 행복을 얻을 수 있다고 말했다.

현대 사회에서 운동은 스트레스 해소, 우울증 예방, 자존감 향상 등 정신 건강에도 긍정적인 영향을 미치는 것으로 알려져 있다. 운동은 뇌에서 세로토닌, 도파민 등 행복 호르몬 분비를 촉진하고, 스트레스 호르몬인 코르티솔 수치를 낮춰준다. 또한 운동은 성취감과 자신감을 높여주고, 사회적 관계 형성에도 도움을 준다.

2. 영양

"몸과 자연의 연결고리"

우리가 먹는 음식은 몸의 구성 요소가 되고, 에너지를 제공하며, 건강에 직접적인 영향을 미친다. 따라서 건강한 식단은 웰빙을 위한 필수 조건이다. 인문학은 음식을 단순한 생존 수단이 아닌, 자연과의 연결고리이자 문화적 의미를 지닌 존재로 바라본다.

동양 철학에서는 음식을 통해 자연의 기운을 흡수하고, 몸과 마음의 균형을 이룰 수 있다고 믿었다. 음양오행 사상은 음식의 성질과 맛을 통해 몸의 균형을 맞추는 방법을 제시하며, 사찰 음식은 자연의 재료를 활용하여 건강하고 조화로운 식단을 구성하는 지혜를 담고 있다.

서양 철학에서도 음식은 쾌락의 원천이자 사회적 관계를 형성하는 중요한 매개체로 여겨졌다. 에피쿠로스는 절제된 식사를 통해 육체적 쾌락을 즐기고, 친구들과 함께 식사하며 정신적인 만족을 얻는 삶을 강조했다.

3. 휴식

"몸과 마음의 재충전"

현대 사회는 끊임없는 경쟁과 성과를 강요하며, 우리에게 쉴 틈 없는 삶을 강요한다. 하지만 몸과 마음은 휴식을 통해 재충전하고, 에너지를 회복해야 한다. 인문학은 휴식의 중요성을 강조하며, 진정한 휴식을 통해 삶의 질을 향상시키는 방법을 제시한다.

고대 그리스 철학자들은 휴식을 통해 몸과 마음의 피로를 풀고, 창의적인 사고를 촉진할 수 있다고 믿었다. 아리스토텔레스는 적절한 휴식이 행복한 삶을 위한 필수 조건이라고 말했다.

현대 심리학 연구에서도 휴식은 스트레스 해소, 집중력 향상, 창의성 증진 등 다양한 긍정적인 효과를 가져다주는 것으로 밝혀졌다. 충분한 수면, 명상, 자연 속에서의 휴식 등은 몸과 마음의 피로를 풀고, 새로운 에너지를 얻는 데 도움을 준다.

운동, 영양, 휴식은 건강한 몸을 유지하기 위한 필수 요소다. 인문학은 이러한 요소들의 의미를 더욱 깊이 있게 이해하고, 균형 잡힌 삶을 살아가는 데 필요한 지혜를 제공한다.

몸과 마음의 조화를 위한 인문학적 실천

●

    몸과 마음의 조화는 웰빙의 핵심이다. 인문학은 몸과 마음의 연결성을 이해하고, 조화로운 삶을 위한 실천적인 지혜를 제공한다.

1. 마음챙김 (Mindfulness)

"현재에 집중하는 힘"

마음챙김은 현재 순간에 일어나는 생각, 감정, 신체 감각을 판단하지 않고 있는 그대로 받아들이는 연습이다. 마음챙김은 불교의 명상 수행에서 유래되었지만, 현대 심리학에서는 스트레스 감소, 집중력 향상, 정서 조절 등 다양한 효과가 있는 것으로 입증되었다.

마음챙김은 일상생활 속에서 쉽게 실천할 수 있다. 식사할 때 음식의 맛과 향에 집중하거나, 걸을 때 발바닥의 감각을 느끼거나, 숨을 쉴 때 숨의 흐름을 관찰하는 것은 모두 마음챙김의 연습이다. 마음챙김을 통해 우리는 현재 순간에 집중하고, 몸과 마음의 조화를 이루며, 삶의 만족도를 높일 수 있다.

2. 자기 성찰 (Self-Reflection)

"내면의 목소리에 귀 기울이기"

자기 성찰은 자신의 생각, 감정, 행동을 객관적으로 관찰하고 이해하는 과정이다. 소크라테스는 "너 자신을 알라"는 명언을 통해 자기 성찰의 중요성을 강조했다. 자기 성찰은 자신의 강점과 약점, 욕구와 가치관을 이해하고, 삶의 방향을 설정하는 데 도움을 준다.

자기 성찰은 일기를 쓰거나, 명상을 하거나, 믿을 수 있는 사람과 대화를 나누는 등 다양한 방법으로 실천할 수 있다. 자기 성찰을 통해 우리는 내면의 목소리에 귀 기울이고, 진정한 자신을 발견하며, 삶의 의미와 목적을 찾아갈 수 있다.

3. 예술 활동 (Artistic Activities)

"감성을 풍요롭게 하는 창조 활동"

예술 활동은 감성을 풍요롭게 하고 창의성을 자극하며, 스트레스를 해소하는 데 도움을 준다. 음악 감상, 그림 그리기, 글쓰기, 춤추기 등 다양한 예술 활동은 몸과 마음의 긴장을 풀어주고, 긍정적인 에너지를 불어넣어 준다.

예술 활동은 단순히 즐거움을 위한 취미를 넘어, 삶의 질을 향상시키는 중요한 활동이다. 예술 활동을 통해 우리는 감정을 표현하고, 스트레스를 해소하며, 창의적인 문제 해결 능력을 키울 수 있다.

4. 자연과의 교감 (Communion with Nature)

"자연 속에서 치유와 회복'

　자연은 인간에게 휴식과 치유를 제공하는 공간이다. 자연 속에서 산책을 하거나, 숲을 거닐거나, 바다를 바라보는 것은 몸과 마음의 스트레스를 해소하고, 평온함을 되찾는 데 도움을 준다.

　자연과의 교감은 단순히 아름다운 풍경을 감상하는 것을 넘어, 자연의 생명력을 느끼고 자연과 하나가 되는 경험이다. 자연 속에서 우리는 삶의 근원적인 힘을 얻고, 몸과 마음의 균형을 회복할 수 있다.

　몸과 마음의 조화를 위한 인문학적 실천은 단순히 건강을 위한 노력을 넘어, 삶의 질을 향상시키고 행복을 추구하는 과정이다. 마음챙김, 자기 성찰, 예술 활동, 자연과의 교감 등 다양한 인문학적 실천을 통해 우리는 몸과 마음의 균형을 이루고, 더욱 풍요로운 삶을 살아갈 수 있다.

4. 마음의 웰니스, 인문학으로 다스리다

정신 건강을 위한 인문학적 접근

●

현대 사회는 빠른 변화와 경쟁, 불확실성으로 가득하다. 이러한 환경 속에서 우리는 스트레스, 불안, 우울 등 다양한 정신 건강 문제에 직면하게 된다. 인문학은 마음의 건강을 지키고 회복하는 데 필요한 통찰력과 지혜를 제공한다.

1. 철학

"삶의 의미와 가치 탐구"

철학은 삶의 의미와 가치에 대한 근본적인 질문을 던지고, 답을 찾아가는 과정이다. 삶의 의미와 목적을 찾는 것은 정신 건강에 매우 중요하다. 의미 있는 삶은 우리에게 삶의 목표와 방향을 제시하고, 역경을 극복할 수 있는 힘을 준다.

실존주의 철학은 삶의 유한성을 인식하고, 주체적인 삶을 살아갈 것을 강조한다. 실존주의 철학자들은 삶의 의미는 외부에서 주어지는 것이 아니라, 스스로 만들어가야 하는 것이라고 믿었다. 이러한 믿음은 우리에게 삶의 주인이 되어 자신의 삶을 책임지고, 의미 있는 삶을 살아갈 수 있도록 격려한다.

2. 문학

”공감과 위로의 힘“

문학은 다양한 삶의 모습을 보여주고, 우리의 감정을 자극하며, 공감과 위로를 제공한다. 문학 작품 속 등장인물들의 삶을 통해 우리는 자신의 삶을 되돌아보고, 어려움을 극복할 수 있는 용기를 얻을 수 있다.

예를 들어, 헤르만 헤세의 '데미안'은 자아 성장과 자기 발견의 과정을 그린 소설이다. 주인공 싱클레어는 데미안과의 만남을 통해 자신의 내면을 탐구하고, 진정한 자아를 찾아가는 여정을 시작한다. 이 작품은 독자들에게 자기 성찰과 성장의 중요성을 일깨워주고, 삶의 어려움을 극복할 수 있는 힘을 준다.

3. 예술

"감정 표현과 정화"

예술은 감정을 표현하고 정화하는 강력한 도구다. 음악, 미술, 무용 등 다양한 예술 활동은 우리의 감정을 자극하고, 내면의 억눌린 감정을 표출하도록 돕는다. 예술 활동을 통해 우리는 스트레스를 해소하고, 심리적인 안정감을 얻을 수 있다.

음악 치료, 미술 치료, 무용/동작 치료 등은 예술을 활용하여 정신 건강을 증진하는 대표적인 방법이다. 이러한 치료는 언어로 표현하기 어려운 감정을 예술 활동을 통해 표현하고, 정신적인 상처를 치유하는 데 도움을 준다.

4. 명상과 마음챙김

”현재에 집중하는 힘“

명상과 마음챙김은 불교의 수행법에서 유래되었지만, 현대 심리학에서는 스트레스 감소, 집중력 향상, 정서 조절 등 다양한 효과가 있는 것으로 입증되었다. 명상과 마음챙김은 현재 순간에 집중하고, 생각과 감정을 관찰하며, 몸과 마음의 상태를 알아차리는 연습이다.

명상과 마음챙김을 통해 우리는 스트레스와 불안을 줄이고, 내면의 평화를 찾을 수 있다. 또한, 명상과 마음챙김은 자기 자신을 더 잘 이해하고, 삶의 의미와 목적을 발견하는 데 도움을 준다.

인문학은 정신 건강을 위한 다양한 접근법을 제공한다. 철학, 문학, 예술, 명상 등 인문학적 활동은 우리의 마음을 풍요롭게 하고, 정신 건강을 증진하는 데 도움을 준다.

인문학은 우리가 삶의 어려움을 극복하고, 진정한 행복을 찾아가는 데 필요한 지혜를 제공한다.

스트레스, 불안, 우울 극복을 위한
인문학적 지혜

●

　스트레스, 불안, 우울은 현대인들이 흔하게 겪는 정신 건강 문제다. 바쁜 일상, 불확실한 미래, 인간관계에서 오는 갈등 등 다양한 요인들이 우리의 마음을 짓누르고 삶의 활력을 잃게 만든다. 하지만 인문학은 이러한 어려움을 극복하고 마음의 평화를 되찾는 데 도움을 줄 수 있는 지혜를 제공한다.

1. 철학

"마음의 평정심을 찾아서"

스토아 철학

스토아 철학은 외부 환경에 흔들리지 않는 평정심을 유지하는 방법을 제시한다. 스토아 철학자들은 우리가 통제할 수 없는 외부 상황에 집착하지 말고, 우리가 통제할 수 있는 내면의 영역에 집중해야 한다고 강조했다. 이는 곧, 어려운 상황에서도 긍정적인 마음을 유지하고, 침착하게 문제를 해결하는 데 도움을 준다.

에피쿠로스 철학

에피쿠로스 철학은 삶의 단순함과 소박함을 강조하며, 불필요한 욕망을 버리고 현재에 집중하는 삶을 통해 행복을 얻을 수 있다고 말한다. 이는 과도한 욕심과 경쟁으로 인한 스트레스를 줄이고, 마음의 평화를 찾는 데 도움이 될 수 있다.

2. 문학

알베르 카뮈의 '시지프 신화'

부조리한 운명에 맞서 끊임없이 돌을 굴려 올리는 시지프의 이야기는 삶의 고통과 무의미함을 상징한다. 하지만 카뮈는 시지프가 자신의 운명을 받아들이고, 돌을 굴리는 행위 자체에서 의미를 찾는 모습을 통해 희망을 제시한다. 이는 삶의 어려움 속에서도 희망을 잃지 않고, 자신의 삶을 의미 있게 만들어가는 힘을 준다.

괴테의 '젊은 베르테르의 슬픔'

베르테르의 깊은 슬픔과 절망은 우리 자신의 감정을 되돌아보게 하고, 공감과 위로를 통해 치유의 가능성을 제시한다. 문학 작품을 통해 우리는 혼자가 아니라는 것을 느끼고, 어려움을 극복할 수 있는 용기를 얻을 수 있다.

3. 예술

"감정 표현과 정화의 창구"

빈센트 반 고흐의 그림

고흐의 그림은 강렬한 색채와 격렬한 붓 터치로 그의 내면의 고통과 열정을 표현한다. 그의 그림을 감상하며 우리는 자신의 감정을 표출하고 정화하는 경험을 할 수 있다.

루트비히 판 베토벤의 음악

청력을 잃어가는 고통 속에서도 희망을 잃지 않고 위대한 음악을 창조한 베토벤의 음악은 우리에게 삶의 역경을 극복하는 힘과 용기를 준다.

4. 종교

"마음의 안식처"

불교

불교는 고통의 원인을 탐욕과 집착으로 보고, 이를 극복하기 위한 명상과 수행을 강조한다. 명상을 통해 현재에 집중하고 마음의 평화를 찾는 것은 스트레스와 불안을 줄이는 데 효과적이다.

기독교

기독교는 신앙을 통해 삶의 고통과 어려움을 극복하고, 희망과 용기를 얻을 수 있다고 말한다. 기도와 예배는 마음의 안식처를 제공하고, 공동체 안에서 위로와 지지를 얻을 수 있도록 돕는다.

인문학은 스트레스, 불안, 우울을 극복하고 마음의 건강을 회복하는 데 필요한 다양한 지혜를 제공한다. 철학, 문학, 예술, 종교 등 다양한 인문학 분야는 우리의 마음을 어루만지고, 삶의 어려움을 극복할 수 있는 힘을 준다. 인문학적 지혜를 통해 우리는 마음의 평화를 되찾고, 더욱 건강하고 행복한 삶을 살아갈 수 있다.

명상, 마음챙김, 자기 성찰의 인문학적 의미

●

　명상, 마음챙김, 자기 성찰은 인문학적 측면에서 깊은 의미를 지니며, 우리의 정신 건강과 웰빙을 증진하는 데 중요한 역할을 한다.

1. 명상
"내면의 평화와 지혜를 찾아 떠나는 여정"

명상은 동서양의 다양한 철학 및 종교 전통에서 오랜 역사를 지닌 수행법이다. 불교에서는 명상을 통해 마음의 번뇌를 잠재우고 깨달음을 얻는 수행법으로 활용하며, 유교에서는 명상을 통해 마음을 닦고 도덕적 완성을 이루는 수단으로 여겼다. 서양 철학에서도 명상은 자기 성찰과 사색을 통해 진리를 탐구하는 방법으로 활용되었다.

현대 사회에서 명상은 스트레스 감소, 집중력 향상, 불안 해소 등 다양한 효과가 있는 것으로 입증되었다. 명상은 뇌파를 안정시키고, 스트레스 호르몬인 코르티솔 수치를 낮춰주며, 긍정적인 감정을 증진시키는 효과가 있다. 또한, 명상은 자기 자신을 객관적으로 바라보고, 내면의 목소리에 귀 기울이는 데 도움을 준다.

2. 마음챙김

"현재에 집중하는 힘"

마음챙김은 명상의 한 형태로, 현재 순간에 일어나는 생각, 감정, 신체 감각을 판단하지 않고 있는 그대로 받아들이는 연습이다. 마음챙김은 불교의 위빠사나 명상에서 유래되었지만, 현대 심리학에서는 스트레스 감소, 집중력 향상, 정서 조절 등 다양한 효과가 있는 것으로 밝혀졌다.

마음챙김은 일상생활 속에서 쉽게 실천할 수 있다. 식사할 때 음식의 맛과 향에 집중하거나, 걸을 때 발바닥의 감각을 느끼거나, 숨을 쉴 때 숨의 흐름을 관찰하는 것은 모두 마음챙김의 연습이다. 마음챙김을 통해 우리는 현재 순간에 집중하고, 습관적인 반응 패턴에서 벗어나, 삶의 매 순간을 온전히 경험할 수 있다.

3. 자기 성찰

"진정한 나를 찾아가는 여정"

자기 성찰은 자신의 생각, 감정, 행동을 객관적으로 관찰하고 이해하는 과정이다. 소크라테스는 "너 자신을 알라"는 명언을 통해 자기 성찰의 중요성을 강조했다. 자기 성찰은 자신의 강점과 약점, 욕구와 가치관을 이해하고, 삶의 방향을 설정하는 데 도움을 준다.

자기 성찰은 일기를 쓰거나, 명상을 하거나, 믿을 수 있는 사람과 대화를 나누는 등 다양한 방법으로 실천할 수 있다. 자기 성찰을 통해 우리는 내면의 목소리에 귀 기울이고, 진정한 자신을 발견하며, 삶의 의미와 목적을 찾아갈 수 있다.

명상, 마음챙김, 자기 성찰은 인문학적 측면에서 깊은 의미를 지니며, 정신 건강과 웰빙을 증진하는 데 중요한 역할을 한다. 이러한 실천들은 우리가 삶의 어려움을 극복하고, 내면의 평화를 찾고, 진정한 행복을 추구하는 데 도움을 준다.

5. 관계의 웰니스, 인문학으로 엮다

타인과의 관계를 인문학적 성찰

●

　인간은 사회적 동물이다. 우리는 타인과의 관계 속에서 삶의 의미와 행복을 찾는다. 하지만 타인과의 관계는 때로는 기쁨과 행복을, 때로는 상처와 갈등을 가져다주기도 한다. 인문학은 타인과의 관계를 깊이 있게 이해하고, 건강하고 조화로운 관계를 맺는 데 필요한 지혜를 제공한다.

1. 공자의 인(仁)

"사랑과 배려의 마음"

공자는 인(仁)을 최고의 덕목으로 강조했다. 인은 타인을 사랑하고 배려하는 마음이며, 자신을 낮추고 타인을 존중하는 태도다. 공자는 "자신이 하고 싶지 않은 일을 남에게 시키지 말라"는 황금률을 통해 인의 실천 방식을 제시했다. 타인을 이해하고 배려하는 마음은 건강한 관계를 위한 필수적인 요소다.

2. 아리스토텔레스의 우정

"영혼의 교감"

아리스토텔레스는 우정을 세 가지 유형으로 나누었다. 유용성에 기반한 우정, 쾌락에 기반한 우정, 그리고 덕에 기반한 우정이다. 이 중에서 가장 이상적인 우정은 덕에 기반한 우정으로, 서로의 덕을 존경하고 함께 성장하는 관계다. 아리

스토텔레스는 진정한 우정은 영혼의 교감이며, 삶의 행복과
의미를 더해준다고 말했다.

3. 마틴 부버의 '나와 너'

"관계의 본질"

마틴 부버는 '나와 너'라는 책에서 인간관계의 본질을 탐
구했다. 그는 인간관계를 '나-그것' 관계와 '나-너' 관계로 구
분했다.

'나-그것' 관계는 대상화된 관계로, 상대방을 이용하거나
조종하려는 태도가 내포되어 있다. 반면, '나-너' 관계는 진정
한 만남의 관계로, 상대방을 있는 그대로 존중하고 받아들이
는 태도다. 부버는 '나-너' 관계를 통해 우리는 진정한 삶의
의미와 행복을 발견할 수 있다고 말했다.

4. 심리학

"건강한 관계를 위한 소통과 공감"

현대 심리학은 건강한 관계를 위한 소통과 공감의 중요성을 강조한다. 칼 로저스는 인간 중심 상담 이론을 통해 진정한 경청과 공감이 상대방의 성장과 변화를 돕는다고 말했다. 마셜 로젠버그는 비폭력 대화를 통해 서로의 욕구를 이해하고 갈등을 해결하는 방법을 제시했다.

인문학은 타인과의 관계를 깊이 있게 이해하고, 건강하고 조화로운 관계를 맺는 데 필요한 지혜를 제공한다. 인문학적 성찰을 통해 우리는 타인을 이해하고 배려하며, 진정한 만남을 통해 삶의 의미와 행복을 찾아갈 수 있다.

소통, 공감, 배려의 인문학적 성찰

●

소통, 공감, 배려는 건강한 관계를 위한 필수적인 요소다. 인문학은 이러한 가치들을 깊이 있게 탐구하고, 실천적인 지혜를 제공한다.

1. 소통

"마음과 마음을 잇는 다리"

소통은 단순히 정보를 전달하는 것을 넘어, 서로의 생각과 감정을 나누고 이해하는 과정이다. 인문학은 소통의 중요성을 강조하며, 효과적인 소통 방법을 제시한다.

경청은 상대방의 말에 귀 기울이고, 그들의 감정을 이해하려고 노력하는 것은 소통의 첫걸음이다. 칼 로저스는 인간 중심 상담 이론을 통해 진정한 경청과 공감이 상대방의 성장과 변화를 돕는다고 말했다.

마셜 로젠버그는 비폭력 대화를 통해 서로의 욕구를 이해하고 갈등을 해결하는 방법을 제시했다. 비폭력 대화는 상대방을 비난하거나 공격하지 않고, 자신의 감정과 욕구를 솔직하게 표현하는 방식이다.

이야기는 사람들의 마음을 움직이고, 서로를 연결하는 강력한 도구다. 좋은 이야기는 공감과 이해를 불러일으키고, 서로의 차이를 넘어 공통점을 발견하도록 돕는 힘이다.

2. 공감

"타인의 마음을 헤아리는 능력"

공감은 타인의 감정을 이해하고 함께 느끼는 능력이다. 공감은 건강한 관계를 위한 필수적인 요소이며, 사회적 유대감을 형성하고 갈등을 해결하는 데 중요한 역할을 한다.

문학 작품은 다양한 인물들의 삶을 통해 우리의 공감 능력을 키워준다. 우리는 소설 속 등장인물들의 기쁨과 슬픔, 사랑과 상실을 함께 경험하며, 타인의 감정을 이해하고 공감하는 능력을 키울 수 있다.

심리학은 공감의 메커니즘을 밝히고, 공감 능력을 향상시키는 방법을 제시한다. 거울 뉴런 이론은 우리가 타인의 행동을 관찰할 때 마치 자신이 그 행동을 하는 것처럼 느끼게 되는 현상을 설명하며, 공감의 신경학적 기반을 제시한다.

3. 배려

"따뜻한 마음으로 타인을 돌보는 행위"

배려는 타인의 필요를 이해하고, 그들을 돕고 지지하는 행위다. 배려는 건강한 관계를 위한 윤활유이며, 사회를 따뜻하게 만드는 힘이다.

대부분의 종교는 이웃 사랑과 자비를 강조한다. 기독교의 "네 이웃을 네 몸과 같이 사랑하라"는 황금률은 배려의 중요성을 잘 보여준다.

공자의 인(仁)은 타인을 사랑하고 배려하는 마음을 의미한다. 공자는 배려를 통해 사회 질서를 유지하고, 조화로운 사회를 만들 수 있다고 믿었다.

소통, 공감, 배려는 인간관계를 풍요롭게 하고, 사회를 따뜻하게 만드는 중요한 가치다. 인문학은 이러한 가치들을 깊이 있게 성찰하고, 실천적인 지혜를 제공한다. 인문학적 통찰을 통해 우리는 서로를 이해하고 존중하며, 더불어 살아가는 삶의 의미를 발견할 수 있다.

가족, 친구, 사회 속에서의 웰니스

●

인간은 혼자서는 살아갈 수 없는 존재입니다. 우리는 가족, 친구, 동료 등 다양한 사람들과 관계를 맺으며 살아간다. 이러한 관계는 우리 삶의 중요한 부분을 차지하며, 우리의 웰빙에 큰 영향을 미친다. 인문학은 가족, 친구, 사회 속에서 건강하고 행복한 삶을 살아가는 데 필요한 지혜를 제공한다.

1. 가족

"사랑과 지지의 울타리"

가족은 우리 삶의 가장 기본적인 단위이며, 사랑과 지지의 울타리다. 가족 구성원 간의 건강한 관계는 개인의 웰빙에 필수적이다. 인문학은 가족의 의미와 가치를 되새기고, 건강한 가족 관계를 위한 지혜를 제시한다.

유교는 효(孝)를 강조하며, 부모와 자식 간의 존경과 사랑을 중시한다. 효는 단순히 부모를 봉양하는 것을 넘어, 부모의 가르침을 따르고 그들의 뜻을 기리는 것을 의미한다. 효를 통해 우리는 가족의 소중함을 깨닫고, 가족 구성원 간의 유대감을 강화할 수 있다.

심리학은 가족 구성원 간의 애착 형성과 의사소통의 중요성을 강조한다. 안정적인 애착 관계는 아이의 정서 발달에 긍정적인 영향을 미치며, 성인이 되어서도 건강한 관계를 맺는 데 도움을 준다. 또한, 가족 구성원 간의 솔직하고 개방적인 의사소통은 갈등을 해결하고, 서로를 이해하는 데 중요한 역할을 한다.

2. 친구

"삶의 동반자"

친구는 기쁨과 슬픔을 함께 나누고, 서로에게 힘이 되어주는 소중한 존재다. 아리스토텔레스는 진정한 친구는 서로의 덕을 존경하고 함께 성장하는 관계라고 말했다. 좋은 친구는 우리의 삶을 풍요롭게 하고, 웰빙에 긍정적인 영향을 미친다.

문학 작품은 다양한 친구 관계를 보여주며, 우리에게 우정의 의미와 가치를 깨닫게 한다.

심리학은 친구 관계의 중요성을 강조하며, 건강한 친구 관계를 위한 조언을 제공한다. 친구 관계는 사회적 지지와 소속

감을 제공하고, 스트레스 해소와 정신 건강 증진에 도움을 준다.

3. 사회

"공동체 의식과 연대"

우리는 사회 속에서 살아가는 존재이며, 사회 구성원으로서의 역할과 책임을 다해야 한다. 공동체 의식과 연대는 사회 구성원 간의 유대감을 강화하고, 사회 전체의 웰빙을 증진하는 데 중요한 역할을 한다.

공동체주의 철학은 개인의 행복이 사회 전체의 행복과 연결되어 있다고 강조한다. 우리는 사회 구성원으로서 서로 돕고 협력하며, 공동체의 발전을 위해 노력해야 한다.

사회학은 사회 구조와 개인의 삶의 관계를 연구하며, 사회 문제 해결을 위한 방안을 모색한다. 사회 문제 해결을 위한 노력은 사회 전체의 웰빙을 증진하는 데 기여한다.

    가족, 친구, 사회 속에서의 웰니스는 개인의 행복뿐만 아
니라 사회 전체의 행복을 위해 중요하다. 인문학은 가족, 친
구, 사회의 의미와 가치를 되새기고, 건강하고 행복한 관계를
위한 지혜를 제공한다.

3부

웰니스 인문학,

미래를 열다

환경, 사회, 경제적 웰니스를 위한
인문학적 성찰

●

　웰니스는 개인의 삶을 넘어, 우리가 살아가는 환경, 사회, 경제 시스템과 밀접하게 연결되어 있다. 지속 가능한 웰빙을 위해서는 환경 보호, 사회 정의, 경제적 형평성과 같은 거시적인 문제에 대한 인문학적 성찰이 필요하다.

1. 환경 웰니스

"자연과의 공존"

인간은 자연의 일부이며, 자연 없이는 살아갈 수 없다. 하지만 산업화와 도시화로 인해 자연과의 연결이 단절되고, 환경 문제가 심각해지면서 인간의 웰빙도 위협받고 있다. 인문학은 자연과 인간의 관계를 성찰하고, 환경 보호의 중요성을 강조한다.

생태주의 철학

생태주의 철학은 인간 중심적인 사고에서 벗어나, 자연과 인간의 상호 의존성을 강조한다. 자연은 인간에게 생존에 필요한 자원을 제공할 뿐만 아니라, 심리적인 안정과 영적인 풍요를 제공한다. 생태주의 철학은 자연을 존중하고 보호하는 삶의 방식을 제시한다.

헨리 데이빗 소로의 '월든'

소로는 월든 호숫가에서 자연과 함께하는 삶을 통해 자연의 소중함과 단순한 삶의 가치를 깨달았다. 그의 경험은 현대 사회의 물질주의와 소비주의에 대한 비판적인 시각을 제공하며, 자연과 조화로운 삶의 중요성을 일깨워준다.

2. 사회 웰니스

"공동체의 번영"

개인의 웰빙은 사회 전체의 웰빙과 밀접하게 연결되어 있다. 사회 정의, 평등, 인권 존중 등은 사회 구성원 모두의 웰빙을 위해 필수적인 가치다. 인문학은 사회 문제에 대한 비판적인 시각을 제공하고, 더 나은 사회를 만들기 위한 대안을 제시한다.

공동체주의 철학

공동체주의 철학은 개인의 행복이 사회 전체의 행복과 연결되어 있다고 강조한다. 우리는 공동체의 일원으로서 서로 돕고 협력하며, 사회적 책임을 다해야 한다.

존 롤스의 '정의론'

롤스는 공정한 사회를 만들기 위한 정의의 원칙을 제시했다. 그는 모든 사람이 기본적인 자유와 평등한 기회를 누릴 수 있는 사회가 정의로운 사회라고 주장했다.

3. 경제적 웰니스

"지속 가능한 번영"

경제적 웰빙은 단순히 물질적인 풍요를 의미하지 않는다. 지속 가능한 경제 성장과 사회적 책임을 다하는 기업 활동은 모두의 웰빙을 위해 중요하다. 인문학은 경제 활동의 목적과 윤리에 대한 성찰을 통해 지속 가능한 경제 시스템 구축에 기여한다.

아담 스미스의 '국부론'

스미스는 자유 시장 경제 체제가 사회 전체의 부를 증진시키는 데 효과적이라고 주장했다. 하지만 그는 동시에 기업의 사회적 책임과 정부의 역할을 강조하며, 경제적 웰빙이 사회 전체의 웰빙과 조화를 이루어야 한다고 말했다.

E.F. 슈마허의 '작은 것이 아름답다'

슈마허는 대량 생산과 소비 중심의 경제 시스템을 비판하고, 인간 중심적이고 환경 친화적인 경제 모델을 제시했다. 그는 경제 성장이 환경 파괴와 사회 불평등을 심화시키는 현실을 지적하며, 지속 가능한 경제 시스템 구축의 필요성을 강조했다.

인문학은 환경, 사회, 경제적 웰니스를 위한 통합적인 시각을 제공한다. 인문학적 성찰을 통해 우리는 지속 가능한 삶의 방식을 모색하고, 더 나은 미래를 만들어갈 수 있다.

경, 사회, 경제적 웰니스를 위한
인문학적 성찰

●

지속 가능한 발전은 현재 세대의 필요를 충족시키면서 미래 세대가 그들의 필요를 충족시킬 수 있는 능력을 저해하지 않는 발전을 의미한다. 즉, 환경 보호, 사회 정의, 경제 성장의 세 가지 축이 조화롭게 발전하는 것을 뜻한다. 웰니스 인문학은 이러한 지속 가능한 발전을 이루는 데 중요한 역할을 한다.

1. 웰니스 인문학, 지속 가능한 발전의 철학적 기반 제공

웰니스 인문학은 지속 가능한 발전의 철학적 기반을 제공한다. 인문학은 인간과 자연, 사회와의 관계를 성찰하고, 삶의 의미와 가치를 탐구한다. 이러한 성찰은 지속 가능한 발전의 핵심 가치인 환경 보호, 사회 정의, 경제적 형평성을 이해하고 실천하는 데 도움을 준다.

생태주의 철학

생태주의 철학은 인간 중심적인 사고에서 벗어나, 자연과 인간의 상호 의존성을 강조한다. 자연을 존중하고 보호하는 것은 지속 가능한 발전을 위한 필수적인 조건이다.

공동체주의 철학

공동체주의 철학은 개인의 행복이 사회 전체의 행복과 연결되어 있다고 강조한다. 사회 정의와 평등을 실현하는 것은 지속 가능한 사회를 만드는 데 중요한 역할을 한다.

인본주의 철학

인본주의 철학은 인간의 존엄성과 가치를 강조한다. 모든 사람이 기본적인 욕구를 충족하고, 잠재력을 발휘할 수 있는 환경을 조성하는 것은 지속 가능한 발전의 핵심 목표다.

2. 웰니스 인문학, 지속 가능한 발전을 위한 실천적 지혜 제공

웰니스 인문학은 지속 가능한 발전을 위한 실천적인 지혜를 제공한다. 인문학은 비판적 사고, 창의적 문제 해결 능력, 공감 능력 등을 향상시켜, 복잡한 사회 문제를 해결하고 지속 가능한 삶의 방식을 모색하는 데 도움을 준다.

비판적 사고

인문학은 기존의 가치관과 사회 시스템에 대한 비판적인 질문을 던지고, 대안적인 사고를 모색하도록 돕는다. 이는 지속 가능한 발전을 위한 새로운 아이디어와 해결책을 찾는 데 중요한 역할을 한다.

창의적 문제 해결

인문학은 다양한 분야의 지식을 융합하고, 새로운 관점에서 문제를 바라보는 능력을 키워준다. 이는 복잡하고 다층적인 지속 가능한 발전 문제를 해결하는 데 필요한 창의적인 접근 방식을 제시한다.

공감 능력

인문학은 타인의 입장을 이해하고 공감하는 능력을 향상시킨다. 이는 사회 구성원 간의 갈등을 해소하고, 협력을 통해 지속 가능한 발전을 이루는 데 중요한 역할을 한다.

3. 웰니스 인문학, 지속 가능한 사회를 위한 가치관 형성

웰니스 인문학은 지속 가능한 사회를 위한 가치관 형성에 기여한다. 인문학은 삶의 의미와 목적에 대한 성찰을 통해 물질주의와 소비주의를 넘어서는 새로운 삶의 가치를 제시한다.

단순한 삶

인문학은 물질적인 풍요보다 정신적인 풍요를 강조하며, 소박하고 검소한 삶의 가치를 일깨워준다. 이는 과소비를 줄이고 환경 보호에 기여하는 삶의 방식이다.

나눔과 봉사

인문학은 타인과의 관계 속에서 삶의 의미를 찾고, 나눔과 봉사를 통해 사회에 기여하는 삶의 가치를 강조한다. 이는 사회적 불평등을 해소하고 공동체의 웰빙을 증진하는 데 기여한다.

생명 존중

인문학은 모든 생명의 존엄성을 강조하며, 인간과 자연의 조화로운 공존을 추구한다. 이는 생물 다양성 보존과 환경 보호에 대한 인식을 높이고, 지속 가능한 발전을 위한 책임감을 갖도록 돕는다.

웰니스 인문학은 지속 가능한 발전을 위한 철학적 기반, 실천적 지혜, 가치관 형성에 기여하며, 더 나은 미래를 만들어가는 데 중요한 역할을 한다. 웰니스 인문학을 통해 우리는 지속 가능한 삶의 방식을 배우고, 더욱 건강하고 행복한 사회를 만들어갈 수 있다.

미래 세대를 위한 웰니스 인문학 교육

●

　지속 가능한 사회를 만들기 위해서는 미래 세대에게 웰니스 인문학 교육이 필수적이다. 웰니스 인문학 교육은 미래 세대가 균형 잡힌 삶을 살아가고, 사회 문제를 해결하며, 지속 가능한 미래를 만들어갈 수 있는 역량을 키우는 데 도움을 준다.

1. 웰니스 인문학 교육의 필요성

현대 사회는 빠르게 변화하고 있으며, 미래는 불확실성으로 가득하다. 미래 세대는 기후 변화, 자원 고갈, 사회 불평등 등 다양한 문제에 직면하게 될 것이다. 이러한 문제들을 해결하고 지속 가능한 사회를 만들기 위해서는 미래 세대에게 웰니스 인문학 교육이 필요하다.

웰니스 인문학 교육은 미래 세대에 다음과 같은 역량을 길러준다.

비판적 사고 능력

웰니스 인문학 교육은 미래 세대가 다양한 관점에서 문제를 바라보고, 비판적으로 사고하는 능력을 키우도록 돕는다. 이는 복잡하고 다층적인 사회 문제를 해결하는 데 필수적인 역량이다.

창의적 문제 해결 능력

웰니스 인문학 교육은 미래 세대가 창의적인 아이디어를 발굴하고, 새로운 문제 해결 방식을 모색하도록 돕는다. 이는 지속 가능한 발전을 위한 혁신적인 해결책을 찾는 데 중요한 역할을 한다.

공감 능력

웰니스 인문학 교육은 미래 세대가 타인의 감정을 이해하고 공감하는 능력을 키우도록 돕는다. 이는 사회 구성원 간의 갈등을 해소하고, 협력을 통해 지속 가능한 사회를 만드는 데 필수적인 역량이다.

자기 성찰 능력

웰니스 인문학 교육은 미래 세대가 자신의 강점과 약점, 욕구와 가치관을 이해하고, 삶의 방향을 설정하는 데 도움을 준다. 이는 균형 잡힌 삶을 살아가고, 진정한 행복을 추구하는 데 중요한 역할을 한다.

2. 웰니스 인문학 교육의 내용

웰니스 인문학 교육은 다양한 내용을 포함할 수 있다.

철학

삶의 의미와 가치, 윤리, 도덕 등에 대한 철학적 탐구를 통해 미래 세대가 올바른 가치관을 형성하고, 사회 문제에 대한 비판적인 시각을 갖도록 돕는다.

문학

다양한 문학 작품을 읽고 토론하며, 인간의 삶과 감정을 이해하고 공감하는 능력을 키운다. 또한, 문학 작품을 통해 역사와 문화에 대한 이해를 넓히고, 다양한 사회 문제에 대한 관심을 높인다.

예술

음악, 미술, 연극 등 다양한 예술 활동을 통해 미래 세대의 창의성과 표현력을 키우고, 정서적인 안정과 풍요를 경험하도록 돕는다.

역사

역사 속 인물들의 삶을 통해 지혜와 교훈을 얻고, 현재와 미래를 위한 통찰력을 얻는다. 또한, 역사 교육을 통해 사회 문제에 대한 이해를 높이고, 사회 참여 의식을 고취한다.

3. 웰니스 인문학 교육의 방법

웰니스 인문학 교육은 다양한 방법으로 이루어질 수 있다.

토론 및 발표

학생들이 웰니스 인문학 주제에 대해 자유롭게 토론하고 자신의 생각을 발표하는 활동을 통해 비판적 사고 능력과 소통 능력을 향상시킨다.

프로젝트 학습

학생들이 스스로 웰니스 인문학 주제를 선정하고 연구하여 결과물을 만들어내는 활동을 통해 창의적 문제 해결 능력과 협력 능력을 키운다.

체험 학습

명상, 요가, 자연 체험 등 다양한 체험 활동을 통해 웰니스 인문학을 몸으로 느끼고 실천하는 경험을 제공한다.

독서 및 글쓰기

웰니스 인문학 관련 도서를 읽고 감상문을 쓰거나, 자신의 생각과 경험을 글로 표현하는 활동을 통해 사고력과 표현력을 향상시킨다.

미래 세대를 위한 웰니스 인문학 교육은 지속 가능한 사회를 만들기 위한 중요한 투자다. 웰니스 인문학 교육을 통해 미래 세대는 균형 잡힌 삶을 살아가고, 사회 문제를 해결하며, 지속 가능한 미래를 만들어갈 수 있는 역량을 갖춘 인재로 성장할 것이다.

7. 나만의 웰니스 인문학

웰니스 인문학 실천방법과 사례

●

웰니스 인문학은 단순히 이론적인 지식을 쌓는 것이 아니라, 삶 속에서 실천하고 경험하는 것이다. 이 장에서는 웰니스 인문학을 실천할 수 있는 다양한 방법과 실제 사례를 통해 웰니스 인문학이 우리 삶에 어떤 변화를 가져다줄 수 있는지 살펴보자.

1. 일상 속 웰니스 인문학 실천

독서

웰니스와 관련된 인문학 서적을 읽으며 삶의 지혜와 통찰을 얻는다. 철학, 문학, 역사, 예술 등 다양한 분야의 책을 통해 웰니스에 대한 새로운 시각을 얻고, 자신만의 웰니스 철학을 정립할 수 있다.

글쓰기

웰니스 일기, 감사 일기, 자기 성찰 에세이 등을 쓰면서 자신의 생각과 감정을 정리하고, 웰니스 실천 과정을 기록한다. 글쓰기는 자기 성찰을 돕고, 긍정적인 감정을 강화하며, 스트레스를 해소하는 데 효과적이다.

예술 활동

음악 감상, 그림 그리기, 악기 연주, 춤추기 등 다양한 예술 활동을 통해 감성을 풍요롭게 하고 스트레스를 해소한다. 예술 활동은 창의성을 자극하고, 삶의 활력을 불어넣어 준다.

명상과 마음챙김

하루 10분이라도 꾸준히 명상과 마음챙김을 실천하면서 현재에 집중하고, 몸과 마음의 상태를 알아차린다. 명상과 마음챙김은 스트레스 감소, 집중력 향상, 정서 조절 등 다양한 효과를 가져다준다.

자연과의 교감

자연 속에서 산책, 등산, 캠핑 등을 즐기면서 자연의 아름다움을 느끼고, 몸과 마음의 휴식을 취한다. 자연은 스트레스 해소와 심리적 안정에 도움을 주며, 창의성을 자극하는 영감의 원천이 된다.

사회 참여

봉사활동, 기부, 환경 보호 운동 등 다양한 사회 참여 활동을 통해 타인과 소통하고 공동체 의식을 함양한다. 사회 참여는 삶의 의미와 보람을 느끼게 하고, 사회적 지지를 얻는 데 도움을 준다.

2. 웰니스 인문학 실천 사례

사례 1

A씨는 스트레스와 불안으로 힘든 시간을 보내던 중 웰니스 인문학을 접하게 되었다. 그는 스토아 철학 책을 읽고 명상을 시작하면서 자신의 감정을 조절하고, 긍정적인 마음을 유지하는 방법을 배웠다. 또한, 자연 속에서 산책을 하며 스트레스를 해소하고, 몸과 마음의 균형을 되찾았다.

사례 2

B씨는 직장 생활과 육아로 인해 지쳐있었다. 그녀는 웰니스 인문학 강좌를 듣고, 그림 그리기와 글쓰기를 통해 자신의 감정을 표현하고 스트레스를 해소하는 방법을 배웠다. 또한, 가족과 함께 시간을 보내며 관계의 소중함을 깨닫고, 삶의 활력을 되찾았다.

사례 3

C씨는 환경 문제에 관심이 많았지만, 어떻게 실천해야 할지 막막했다. 그는 웰니스 인문학 모임에 참여하여 생태주의

철학을 공부하고, 다른 사람들과 함께 환경 보호 활동을 시작했다. 그는 환경 보호 활동을 통해 삶의 의미와 보람을 느끼고, 사회에 기여하는 기쁨을 경험했다.

3. 나만의 웰니스 인문학 이야기 만들기

웰니스 인문학은 정답이 없는 여정이다. 각자의 삶의 경험과 가치관에 따라 자신만의 웰니스 인문학 이야기를 만들어 갈 수 있다.

자신에게 맞는 실천 방법 찾기

다양한 웰니스 인문학 실천 방법을 시도해 보고, 자신에게 맞는 방법을 찾아 꾸준히 실천한다.

자신만의 웰니스 철학 정립

인문학적 성찰을 통해 웰니스에 대한 자신만의 가치관과 철학을 정립한다.

개방적인 마음으로 배우고 성장

웰니스 인문학은 끊임없이 배우고 성장하는 과정이다. 새로운 지식과 경험에 열린 마음으로 다가가고, 자신만의 웰니스 이야기를 만들어 간다.

웰니스 인문학은 삶의 질을 향상시키고, 진정한 행복을 추구하는 데 도움을 주는 강력한 도구다. 웰니스 인문학을 통해 우리는 몸과 마음의 균형을 이루고, 더욱 풍요로운 삶을 살아갈 수 있다.

웰니스 인문학으로 변화된 삶의 이야기

●

웰니스 인문학은 단순한 지식 습득을 넘어, 삶의 방식을 바꾸고 새로운 가치를 발견하는 여정이다. 웰니스 인문학을 통해 변화된 삶의 이야기는 우리에게 희망과 용기를 주고, 웰니스 인문학의 실천을 위한 동기를 부여한다.

1. 스트레스와 불안에서 벗어나 평온을 찾다

끊임없는 경쟁과 성과주의에 지쳐 만성적인 스트레스와 불안에 시달리던 김 씨는 웰니스 인문학을 통해 삶의 전환점을 맞이했다. 스토아 철학을 공부하며 외부 상황에 흔들리지 않는 평정심을 유지하는 법을 배우고, 명상과 마음챙김을 통해 현재에 집중하는 힘을 길렀다. 그는 "예전에는 항상 미래에 대한 걱정과 불안에 사로잡혀 있었지만, 지금은 현재에 집중하며 삶의 작은 행복을 발견하고 감사하는 마음을 갖게 되었다"고 말한다.

2. 단절된 관계를 회복하고 진정한 소통을 시작하다

이혼 후 삶의 의미를 잃고 방황하던 박 씨는 웰니스 인문학을 통해 새로운 삶의 방향을 찾았다. 그는 문학 작품을 통해 타인의 삶을 이해하고 공감하는 법을 배우고, 상담을 통해 자신의 감정을 솔직하게 표현하고 타인과 소통하는 방법을 익혔다. 박 씨는 "웰니스 인문학을 통해 나 자신을 더 잘 이해하게 되었고, 타인과의 관계에서도 진정한 소통과 공감을 경험하게 되었다"고 말한다.

3. 무의미한 삶에서 벗어나 삶의 목표를 발견하다

은퇴 후 무료한 일상을 보내던 최 씨는 웰니스 인문학을 통해 삶의 새로운 목표를 발견했다. 그는 철학 서적을 읽으며 삶의 의미와 가치에 대해 고민하고, 봉사활동을 통해 사회에 기여하는 기쁨을 경험했다. 최 씨는 "웰니스 인문학은 나에게 삶의 새로운 의미와 목표를 제시해 주었고, 더욱 활기차고 보람 있는 삶을 살 수 있도록 이끌어 주었다"고 말한다.

4. 웰니스 인문학, 삶의 변화를 위한 촉매제

이 외에도 웰니스 인문학은 다양한 삶의 변화를 이끌어낸다. 웰니스 인문학을 통해 사람들은 건강한 습관을 형성하고, 스트레스를 관리하며, 대인관계를 개선하고, 삶의 의미와 목표를 찾아간다. 웰니스 인문학은 삶의 어려움을 극복하고, 더욱 건강하고 행복한 삶을 살아갈 수 있도록 돕는 촉매제 역할을 한다.

웰니스 인문학은 단순히 삶의 문제를 해결하는 데 그치지 않고, 삶의 질을 향상시키고, 더 나아가 삶의 변화를 이끌어내는 힘을 가지고 있다. 웰니스 인문학을 통해 우리는 더욱 풍요롭고 의미 있는 삶을 살아갈 수 있다.

웰니스 인문학의 미래와 가능성

●

웰니스 인문학은 아직 초기 단계에 있지만, 그 미래는 밝다. 웰니스에 대한 관심이 높아지고, 인문학의 가치가 재조명되면서 웰니스 인문학은 더욱 발전하고 확장될 것이다.

1. 웰니스 산업의 성장과 웰니스 인문학의 역할

웰니스 산업은 건강, 뷰티, 식품, 여행 등 다양한 분야를 아우르는 거대한 시장이다. 웰니스 산업은 지속적으로 성장하고 있으며, 미래에는 더욱 확대될 것으로 예상된다. 웰니스 인문학은 웰니스 산업의 성장과 함께 더욱 중요한 역할을 하게 될 것이다.

웰니스 상품 및 서비스 개발

웰니스 인문학은 인간의 몸과 마음, 정신에 대한 깊이 있는 이해를 바탕으로 혁신적인 웰니스 상품 및 서비스 개발에 기여할 수 있다. 예를 들어, 인문학적 통찰을 바탕으로 한 명상 앱, 심리 상담 프로그램, 예술 치료 프로그램 등은 웰니스 산업의 새로운 성장 동력이 될 수 있다.

웰니스 콘텐츠 제작

웰니스 인문학은 웰니스 관련 콘텐츠 제작에도 활용될 수 있습니다. 인문학적 지식과 스토리텔링을 결합한 웰니스 콘텐츠는 사람들의 흥미를 끌고, 웰니스에 대한 이해를 높이는 데 도움을 줄 수 있습니다.

웰니스 전문가 양성

웰니스 인문학은 웰니스 전문가 양성에도 기여할 수 있습니다. 웰니스 인문학 교육을 통해 웰니스 전문가들은 인문학적 소양을 갖추고, 고객들에게 더욱 효과적인 웰니스 서비스를 제공할 수 있습니다.

2. 기술 발전과 웰니스 인문학의 융합

4차 산업혁명 시대에는 인공지능, 빅데이터, 가상현실 등 다양한 기술이 웰니스 분야에 접목되고 있다. 웰니스 인문학은 기술 발전과 융합하여 새로운 가능성을 열어갈 수 있다.

인공지능 기반 웰니스 서비스

인공지능은 개인 맞춤형 웰니스 서비스를 제공하는 데 활용될 수 있다. 예를 들어, 인공지능은 개인의 건강 데이터, 생활 습관, 심리 상태 등을 분석하여 맞춤형 운동 프로그램, 식단 관리, 스트레스 관리 방법 등을 제시할 수 있다.

가상현실 기반 웰니스 체험

가상현실은 현실에서는 경험하기 어려운 다양한 웰니스 체험을 제공할 수 있다. 예를 들어, 가상현실을 통해 명상, 요가, 자연 체험 등을 할 수 있으며, 이는 웰니스 효과를 높이는 데 도움을 줄 수 있다.

3. 웰니스 인문학의 사회적 역할 확대

웰니스 인문학은 개인의 웰빙을 넘어 사회 전체의 웰빙을 증진하는 데 기여할 수 있다.

사회적 약자 지원

웰니스 인문학은 사회적 약자들의 웰빙 증진을 위한 다양한 프로그램 개발에 활용될 수 있다. 예를 들어, 노인, 장애인, 저소득층 등을 위한 웰니스 프로그램은 사회 통합과 복지 증진에 기여할 수 있다.

지역사회 웰니스 증진

웰니스 인문학은 지역사회 웰니스 증진을 위한 다양한 활동에 활용될 수 있다. 예를 들어, 지역 주민들을 위한 웰니스 교육 프로그램, 웰니스 공동체 조성 등은 지역 사회의 건강과 행복을 증진하는 데 도움을 줄 수 있다.

지속 가능한 발전

웰니스 인문학은 환경 보호, 사회 정의, 경제적 형평성 등 지속 가능한 발전을 위한 가치관 형성에 기여할 수 있다. 웰니스 인문학 교육을 통해 미래 세대는 지속 가능한 삶의 중요성을 깨닫고, 지속 가능한 사회를 만들어가는 데 적극적으로 참여할 수 있다.

웰니스 인문학은 무한한 가능성을 지닌 분야다. 웰니스 인문학은 웰니스 산업의 성장, 기술 발전, 사회적 역할 확대 등 다양한 분야에서 새로운 가치를 창출하고, 우리 삶을 더욱 풍요롭게 만들어 줄 것이다.

웰니스 인문학 여정을 마무리하며

웰니스 인문학은 우리 삶의 동반자다. 웰니스 인문학은 삶의 균형을 찾고, 행복을 추구하는 데 필요한 지혜와 통찰을 제공한다. 웰니스 인문학은 몸과 마음, 개인과 사회, 인간과 자연의 조화로운 관계를 강조하며, 지속 가능한 삶의 방식을 제시한다.

웰니스 인문학은 단순히 건강을 위한 지식이나 기술이 아니다. 웰니스 인문학은 삶의 태도이며, 삶의 방식이다. 웰니스 인문학은 우리에게 삶의 의미와 목적을 되새기게 하고, 더 나은 삶을 위한 용기와 지혜를 준다.

웰니스 인문학은 끊임없이 배우고 성장하는 과정이다. 우리는 웰니스 인문학을 통해 삶의 다양한 측면을 탐구하고, 자신만의 웰니스 철학을 정립하며, 삶의 균형과 행복을 추구할 수 있다.

웰니스 인문학은 우리 모두에게 열려 있다. 누구나 웰니스 인문학을 통해 삶의 질을 향상시키고, 더욱 건강하고 행복한 삶을 살아갈 수 있다. 웰니스 인문학은 우리 삶의 동반자로서, 우리가 삶의 균형과 행복을 찾아가는 여정에 함께할 것이다.

이 책을 통해 웰니스 인문학의 가치를 깨닫고, 웰니스 인문학을 실천하는 데 도움이 되기를 바란다. 웰니스 인문학은 당신의 삶을 더욱 풍요롭고 의미 있게 만들어 줄 것이다.